群像

吳岱穎——著

群像（代序）

一、一夜（其一）

夜晚很長。

當日子剩下廢然摧沮的百無聊賴，一切「當下」便形成了時間的密室，以諸般覺知之形變囚籠著意識的本體，讓它閉眼摸象暗中求索，毫無自覺地被牽扯進這場極微小極無意義，卻又盛大到足以涵納吾人一生的逃脫遊戲，發瘋似的四下裡找尋那些所謂的「可能」——掛畫裡倒逆形隱的半角異國文字；壁鐘、地墊、日光燈管之蔽翳處，暗含某種規則或純屬惡意設計的陳銹、積灰、鬆脫的螺絲或電線，意在牽連起各種不近人情違反常識，卻無可奈何串接著真相環鏈的無用細節；甚或更為複雜的自我編碼：因前此機緣偶然無端涉入，於焉乃後竟多所羈絆不得生離，故而建構起的事件因果之序列，所致「彼當時倘如此這般必不致今日如何其然」云云之懸念遺憾，輾轉抽易調換了認知的邏輯，從而形成一種古所未有，甚且無法想像的「穿越、重生、倒帶洗牌毀棋翻桌、投票表決到我滿意為止」此類翻轉現實，遁辟入無窮平行宇宙的思想的奇異點……這豈非是一座更加開闊，繁複，自我增殖衍生，無界疆亦無界疆盡，乃至無老死亦無老死盡的迷／謎之宮？它顯然也符合這句話當中的描述：「小徑分岔的花園是一個龐大的謎語，或者是寓言故事，謎底是時間。」但這麼解釋的同時，智性之光便像是俗語燈下黑那樣標劃勾勒出一個模糊迷離影影綽綽觀之不明但確實存在的陰暗區域，指出了那個顯而易見的事實：這座迷宮沒有出口，一切無限之「可能性」終將在時間裡收斂為單一的結果，動盪浮生最後也只能寫成一個字，或者說，在某些人的認知裡，畫成一個圓圈，讀作「零」。

這就是結束了。

二、一夜（其二）

夜晚很短。

這句話指的是一種不易為人所覺察的心理流速之變化。世界有其既定的，不可改易，亦非人力所能改易之標的，為我的知覺所必須接受者。譬如原本被夜色浸染得絲縫滲黑的羅馬式米黃色緹花水草紋遮光布窗簾，完全不引人注意的安靜配角存在，忽然灰亮灰亮地浮出在茫茫意識之洋一隅，讓心智也頓時啟動運作起來說：「按陰陽居然都四點多了我這到底在幹什麼啊！」

說是幹什麼，其實什麼也沒幹。或者更準確地說，就沒幹那個真什麼都不幹，冥冥昏昏頂好不思日行不為夜夢，雙眼一閉一睜直接把你生命削去一截六七個小時的優質睡眠，偏生是既不事生產不為積蓄，甚至好好歇息也辦不到的「真．純血廢柴」。是啊連睡覺都能要廢，人都躺下拉好棉被喬好關節肌肉肢體成入眠姿勢了，手一賤癢就撈來手機對自己說，良夜其永，何懼睡眠不足？不如再看幾則動態幾則網文，或讀幾章網路小說——要知道這些網路小說動輒數百萬言簡直無窮無盡，點閱展讀就是長期抗戰，累積之讀字勳業數以億計，說來還挺驕人的不是？披沙揀金不過也就是這樣子了……

廢人睜眼不閉，憑藉著二百多元網購而得一螺鎖鉗夾式手機架，獸臂一般在床上張爪扣抓那隻因過度使用電池老化而火燙燙的不定時炸彈，向夜晚勒索時間。凡廢人皆好以勒索為務，靠著社會的親切與善意，或者他人的畏葸與恐懼，苟且地活在生活常軌的裂隙裡。寄生之蟲豸，附根之草籽，餐風飲露不自苦，因為尷尬難受的總是走過路過沒錯過的旁觀者，或者無法自關係泥淖裡抽身袖手的親故之倫。於廢人而言，此類「他人因我而生的難堪痛苦」何有於我哉？他人即地獄，看不見就表示不存在，誠所謂自保之道也。但此刻勒索的卻是夜晚，這就有點小混混惹上黑道大哥，在黑夜的黑社會裡，竟不知作死二字如何寫的味道了。

或者可以把它看成高利貸。開始時總說是迫於生計無奈出此下策，到後來無法逃脫夢魘糾糾纏纏簡直像是中毒上癮。夜晚帶著無比的威力前來索討利息之時，廢人甚至連這種借貸契約的性質是什麼都沒弄清楚過……

「重點是標的，」看起來一副焦躁難安欲轉未轉身的夜色，以一種侵凌神識的神格化高姿態撂下讖言式的狠話：「借貸時間等同於投資，投資就是賭博。而賭博，是不可能有贏家的。」祂切切暗示上級長官的存在：「天道是貪婪陰狠的莊家，沒有誰可以真從祂手上謀奪自己的富貴。」昏昧中飄盪著迷離的殘響：「少輸為贏，此乃真諦。」

廢人不懂此言何意。他根本沒聽見。

他睡了。

三、一日

一日之始，須論一日之計。無關什麼人生宏旨，亦不存在惕勵誰誰的恐嚇警戒意味，純粹就是，討生活人為生活所迫的不得不然——城市生活就是這樣複雜繁瑣，得想清楚了每一個「下一步」，才不會把日子過得昏天黑地，此為生活無用小智慧。

從淡水紅樹林到南海路，開車小飆，鑽穿雙北，大概也是半小時的憋悶。這是作為跨縣市討生活者必得忍受的空白，內裡虛無但形式上不可免除的犧牲奉獻。其中一種較為犬儒的說法是，為了城市外觀上的繁榮活力，讓一日之計始於塞滿車輛龜行牛步的清晨，濛濛煙塵中迅速積聚過量的憤怨與怒意，有助於各種工作的順利開展——畢竟這是一座過勞的，沒有出路的島嶼，忍耐就當是做功德了——政府帶頭裝瞎馬，誰能不忍為盲人。我們得早早習慣這些。

當然我是不信的，或者更準確的說，是很不爽的，只是為了不讓這半小時無限上綱擴延至一倍，我得更早一些，趕在那些同樣辛勤犧牲睡眠送孩子上學的父母之前出門，才不致被塞在車陣裡滿口暴躁無已的幹話髒話。話雖如此，實踐實難。且不說這窄窄一帶一路何其不符合經濟發展之模型，在我等後來之移居者眼中根本不會有對此地環境如何之珍惜與愧疚之心（天曉得大陸口音北勢強壓南風居然讀之為珍稀是因為稀有才珍惜嗎），就說偶發之狀況，譬如車禍擦撞或者施工立錐斷彼一道，教車流瞬間因道阻而集密拉長，而向後延伸車陣達一公里之遙，即便不是日日皆有，大體三五七日便能重演一回。這時抱怨就只是純粹的抱怨，兼有無可奈何不得不體諒的性質——物質性的受損或肉體性的傷害於當事人而言已經夠倒楣了，而車道下水道路燈管線修剪路樹的施工者們（喔勞工朋友福氣啦），也是受命令拿錢辦事揮汗謀生，犯不著我等還在暗裡惡言詛咒問候人家娘親性福，這可是有違恕道兼傷陰騭的事情，忍忍便也坦然。

下面事情皆有理有序，換了誰來做都一樣，此之謂ＳＯＰ——邊在南機場吃早餐邊想等下上課怎麼才能唬弄學生。邊上課邊想中午該不該吃學校的肉羹麵。邊吃學校的肉羹麵邊深覺後悔。邊上下午的課邊打瞌睡（這時終於就沒空想事情了）。邊開車回家邊天人交戰去哪裡吃結果想得太久就到家了只好隨便解決。晚上六點到十點要廢。十點以後躺在床上繼續要廢到睡。

日子是明快的。想想這個流程，從開頭往未來一望，中間沒有萬水千山曲徑通幽，除了些濁煙浮塵裂隙斑瑕，完全是透明玻璃一樣，忽然就又看見了下一段了無新意的開頭。若要找個詞來形容，除了廢墟（媽的還是座環形廢墟！），我沒有更好的選擇。

四、眾生

按照神祕主義的說法，有時候我覺得自己活在一場夢裡。但在另外一些不那麼確定的時候，或者說，比較陷入妄想的時期，我會覺得自己活在夢中的自己造出的夢裡。

從某個角度來說，成為莊子與成為莊家之間，有著驚人的相似性。造夢是一種神通，力能通神，給我不自由的自由，無從解脱的解脱。球員可兼裁判，賭客暗通錢莊，造反取經原一人，輸贏不須誰來論，無保無據，免償免還。除了彩頭等於空頭，領不出軋不進，踏破虛空也還在原地，似乎沒有什麼可以抱怨的。

我在夢中造夢，造我。造天地，也造眾生。我在學院的廢墟上創造偽造的學院，傳授某些來源可疑，顯然也是偽造的知識。且在這學院裡對夢中的那個「我」說，這一切都有意義，人是作為一種會創造意義的生物而取得了在世存在的權柄。世界是神的祭壇，生命本身即是榮耀。千萬別尋死，亦不可覓活。除非真相前來揭穿我們，我們誰都沒有揭穿真相的資格。

我為（ㄨㄟˊ）人人，人人為（ㄨㄟˋ）我。我之相即眾生相，偽造與無中生有同是一類事。前無所承不代表以後不會發生，無法倒亂時間的排列組合，神眼中的宇宙從來不能為人所見。但活在如流歲月之中，在這蕞爾小島北城城南的男孩路上，侍候公子讀書的日子裡，我隔三差五的總能發現相似的面孔。沒有血緣關係的他們是慈愛的神存在的明證。抽去一些元素，換上一些別的，批次化的創造也未必就真的怠惰了，那只是一種降格的疲憊，諾斯替教派相信的同心圓式謬誤。不很好，也沒那麼不堪。

「用無限量的重複變幻的例子來解釋的關於組合分析的概念。」我想說的，波赫士已經替我說了。

我是眾生，我是偽造者。

我是有道德高度的偽造者，我是缺少道德標準的眾生。

五、罪與贖

「生活的本質為何？」剛剛開始教書那幾年，我可以用自己受教而得的凜然大義回答學生尚未提出的問題。人之患在好為人師，既為人師，這病就更重了。病一重，破罐破摔，說著說著就像催眠，似乎真就有這麼一個標準答案，籠天罩地，教人無所逃遁於天地之間。接著就看見學生耳朵長包皮一副憊懶樣子躲在世界一角，寫英文的寫英文，算數學的算數學，精神渙散的頻翻白眼，膽子大的用外套罩頭直接趴下，一不小心還漏出鼾聲。

「原來這一切並不算數。」一開始的時候，老師們總會自我反省。國文老師雖然未必是最早醒悟的，但因為我們讀過孟子，深諳養氣之道（雖然連氣功都沒練過），深信道德自省的力量，很快就會找到解套的說詞。

當然還是要參考孟子。這個死了幾千年的老先生是這麼說的：「有人於此，其待我以橫逆，則君子必自反也：『我必不仁也，必無禮也，此物奚宜至哉？』其自反而仁矣，自反而有禮矣；其橫逆由是也，君子必自反也：『我必不忠。』自反而忠矣；其橫逆由是也，君子曰：『此亦妄人也已矣。如此則與禽獸奚擇哉？於禽獸又何難焉？』」

多麼美麗的阿Q精神。如果我是新一代的國文教材教學詮釋者，我也會說這孟老夫子是老魯蛇，不長眼不看臉色，連「王何必曰利，亦有仁義而已矣。」這種話都說得出口，難怪戚戚惶惶如喪家之犬，就像比他更老更早死的孔阿丘孔二尼一樣，到那裡都不招人待見。

只是這麼說真的好嗎？就因為世俗的蒸漚歷瀾，我就必須放棄相信這世界上曾有過的偉大與崇高，美麗與滄桑？捨去品味，承認自己是菁英主義盲目的信徒，在獵巫的十字弓前瑟瑟懺悔，除了苟且老死，究竟能換到什麼？毀棄了信仰，學習把心放到泥濘中任人踐踏還大聲呼爽，這種抖M的行徑，原諒臣妾做不到啊！

我就是我的原罪，是我自己的囚徒。

所以我寫下詩句，以之為贖。

輯二　病識

輯三

苦路

輯四

譫妄

輯一

群像少年

格瓦拉不思議

格瓦拉不知道，原來生命
可以這麼輕，這麼薄，這麼
柔軟而順服，緊貼著少年A的左胸
在一件棉質連帽外套上。在這裡
格瓦拉捨棄了自己的理想與
熱情，放棄玻利維亞的革命
不說話，也不讀自己手抄的詩集
和正在發呆的少年A一樣

但少年A不認識格瓦拉，雖然
他有著與格瓦拉一樣的單純

信仰著愛與正義，渴盼
真正的自由。他剛剛剪了新髮型
路過東區的潮店，在 BSX 的專櫃
看見這件灰色連帽外套，掏錢買下
失去悲喜哀愁的，Q版的格瓦拉
彷彿遇見了另一個自己

格瓦拉不知道自己將在未來的幾年內
一次次被投入洗衣機，反覆搓揉破碎
洗之又洗，曬之又曬
直到沒有人知道那殘破的圖樣也曾經
年輕過，愛過，沉迷於革命
像一首纏綿的情歌

土耳其變奏

熱愛哲學的少年B有一架電子琴
放在科學館的地下室。每天中午
當鐘聲結束了實驗，學生們
紛紛放棄追問現象與本體之間
隱微的關聯，像一群飢餓的小獸
走出科學館的玻璃門，覓食
回應屬於身體的真理
少年B便會走下樓梯，開燈
點亮科學之下更加確切的黑暗
練習彈奏一首土耳其進行曲

進行曲其實並無關乎土耳其
甚至不屬於戰爭的一部分。它
興奮，歡躍，表演著聲音的舞蹈
少年Ｂ可以用各種虛構的樂器
展示它，像一張模糊的複製畫
「而電子琴，」他想
「依據柏拉圖，一切造物
　莫非仿擬那更高的存在……」

一架可以模仿各種樂器的電子琴：
「以偽幣為模型的偽幣，
鏡像裡無限重疊倒退的影子，
在莫比烏斯環上
　被自己的腳印絆倒的數列……」
科學無法解釋這些，但音樂可以
少年Ｂ只需要繼續彈下去

在真假難辨的人生之中
變奏出自己唯一不變的真理

103

恆星組曲：太陽

不寫詩的少年C過著一種充滿
詩意的生活。他鍛鍊自己
在科學館和圖書館之間的空地
建構起一座肉身的殿堂
為了溫柔和堅強，為了無以名之的信仰
他分開雙腿，挺直背脊
讓思想指向天空：體內有火
燃燒突如其來的憤怒
像是駕馭金車橫越天穹的阿波羅

少年C記得那獨一無二的神諭：

「認識你自己」。這是唯一的真理
他唯一能做的只有燃燒自己
讓自己成為發光的神
照亮這個潮濕陰鬱持續壞朽的世界
但少年C不知道，這個世界雖然寬闊
卻不寬容，容不下他用激昂的話語
創造的形象。它折磨，虛蝕，消耗
像時間風化岩石，在未來
終會摧毀他苦心經營的肉體神殿

不斷嘗試寫詩的少年C此刻
暫時放下與文字的遊戲，放下手中的筆
改拿一根如他眉角倨傲的齊眉棍
揮舞猶如驅趕圍觀的無知群眾
那是他的舞台，他的權杖
是他在一切敗壞之前

與世界最真實而虛無的碰撞

非法流浪者之歌

少年D被家門吐出，在冬夜
在一條雨後的小巷
他獨行，像一隻黑鳥離群
抗拒一切不實的指控
身後的燈光剪碎萬物的影子
綴補他潮濕的囚衣

他想起自己的影子還困在家裡
代替他合法地生活：飲食，聊天
愉快地貼著每個人的心房
傾聽那些不安的脈博——

（謠言用自己的方式塑造他
　像一條鞭子放在他的床上）
在審判裡他必須學會分裂
成為自己的被告，辯護律師和法官

而世界是更大的監牢，他知道
一盞燈就能公佈他的罪名：
「沒有了影子的本體
　存在只是無可饒恕之惡」
少年D此刻只想逃跑
像是逃離無所不在的卡夫卡
在時間向他催討債務之前
離開律法的大門，越遠越好

少男的祈禱

在少年E的日記裡夾著
一根染成金黃色的頭髮
蜷曲、柔軟、髮根微黑
它來自另一顆金色的頭顱
頭顱裡長滿黑色的夢
它擁有黃金一般的名字
以致於當少年E輕輕呼喚
總能在語字裡感到黑夜沉沉的重量

命運曾經將它繫在少年E
脆薄的胸膛，牽引他的心跳

像一條黃金的纜索綑縛著
漂浪的人生：除了起伏的心潮
少年E沒有其他的海洋
冒險成為神話，英雄回歸平凡

如今少年E不再書寫日記
他實驗，以身體為船舶
在前往情色烏托邦的航道上
探索每一座可疑的島嶼
少年E會探索島上可疑的住民
記錄他們身體的每一寸特徵
與他們言淺交深，頻繁互通
慾望是文明最重要的商業

少年E正在創造自己的神話譜系，他想
屬於他的黃金時代還沒有來臨

他必須航行得更遠，更廣
向食蓮人索求遺忘時間的良方
在時間的颶風吹白他金色的羊毛之前
在淘金的美夢如白色的浪沫破碎之前……

106

給愛麗絲的禮物

少年F住在一所大房子裡
窗外遠眺 101。他有 101 個愛麗絲
平均分布在考試之外的 1001 個夜晚
他在夜晚將童話當成禮物
送給今夜的愛麗絲，到了早晨
又將它收回，摺疊整齊
放在自己輕薄的書包裡

愛麗絲們總喜歡在夜晚
夢遊仙境。貓一樣的少年F
總能輕易在她們的記憶裡

留下魅惑的笑容與逗引
但少年Ｆ只認識一個愛麗絲
她用身體填滿了房子
而他用身體填滿她

少年Ｆ曾經鄭重宣誓
人生以玩樂為優先，因為人間
本就是一場捉迷藏的遊戲
世界很大，世界很新
還有許多愛麗絲藏在新世界的角落裡
她們是珍貴而美麗的資源
不應該用後即棄。因此

當少年Ｆ打碎了她們盛裝愛情的心
他總會慎重地收拾，打包
那些鋒銳而危險的碎片

交給另一個黃色的愛麗絲
「多麼環保，」他想：
「這就是我愛著地球的證明……」

春日的魔法號角

秋深以後，少年G的體溫
一天比一天升高了。母親說：
「春天的疫病不拘季節
隨時可能發作，唯有禱告
才是治療的良方。」為此
他夜夜祈禱聖父聖子聖靈
能夠派遣天使前來搭救

生活無非水火，日子難免春秋
少年G從不為虛無感到悲傷
比起淚水，他更願意奉獻

另一種自性靈深處汩汩
泌洩的生命之泉。它鹹
它是海洋的起源，遠勝過
流佈於地表上的教義

他知道邏輯可以用來認識世界
但世界並不因被認識而
變得簡單。譬如慾望
總在睡前禱告的噓息裡
轉為深濃而黏膩，糾纏夢境
一如久久貯存奶與蜜的身體
性愛與信仰交舞同歡，只有
特殊的角度才能抵達

天堂。少年G看見預言中的末日
一片新天新地，生靈歡欣

他要在那日吹奏每一根號角
讓它們響之又響，震動
世人最敏感的道德的神經

108

仲夏夜的平均律

平均不再只是美麗的
想像，譬如這個夜晚
那人的手指騷動如歌
而少年H是南國的海
浮漾著動蕩的樂與浪
節制的暴亂毀除理智
又在理智中建構體膚
精巧的濱線：高潮的
沙灘親吻連綿的水痕
藻草生長的界域宛然
容受螺貝漸次的啃噬

搔白的爪痕，愛之涎
與沫反覆積湧與褪逗
無非是夏季裡迴盪的
傳說：一種夢的寓言
而今皆已成真。他欣
喜，所謂一千種愛的
形式他曾經聽人說過
試探過實踐過拆分後
重新組裝過，像ＤＪ
調弄耳輪讓旋律驅馳
像熱病肆虐的無人島
忽然就開闢了情欲的
五線道，串流皆為歌
而眾鳥歸飛急，一巢
僅容一居，何其平均
可以入律成法，成家

在南國之南的仲夏夜
當那人潮熱的指尖……

早秋的遺憾

秋天是信仰的季節，少年I想
神用半個世界的衰敗證明
無常終於取代日常，美好
也只是一把銼刀微調著幸福
讓屬愛的舌頭血誓成傷
話語的硬痂覆滿了他的心
沒有誰能輕易地揭去它

少年I比這個所謂的「誰」
更加清楚，那可以被掌握的
從來就不是愛，可以被告別的

也不是真正的關懷。所謂真心
無非只是命運的 重祭壇
它光輝，潔淨，有洗滌過後
潮濕的肥皂味。沒有人記得
它曾經夜夜沾染無聲的淚水

彷彿扭曲宇宙擠壓出的
一道星光消融於闇黑之交遇
不可為人所窺。少年I知道
在許多人輕易捨去的夢裡
他曾是世界的王，愛慾生死
用同一種不被記得的密語
刻錄在急遽消失的晨霧中
日出讓萬物成為日常，但
不包括他。他是永恆的存有

孤獨的傳道者。他不是先知
但親眼見過相伴而來的天使
他們在入城的途中翦毀羽翼
按照人的形象造出了愛
以及毀滅。試煉引火於曠野
日影成煙飛散，在夏日的末尾
眾靈高歌祭獻自己彷彿求死
活下來的都是亡者，如他

110

冬夜旅次北國北

從前從前有個北島三郎
在島國之北（也還是島國）
歌北國之春。少年J不知道
此曲始自千昌夫，流傳甚廣
擁有許多名字譬如「榕樹下」
在他出生的那座島上，這也是
一首關於故鄉的歌

他與這首歌相遇在札幌
一家拉麵店裡，聞聲抬頭
發現電視上唱歌的共有三人

全非為他所識，只知道
節目氛圍相當之昭和如同
他搜尋網路找到的這家店
然而所謂懷舊拉麵油濃湯鹹

令人汗顏不可終食（日文說
「無理です」）於是掏錢離去
此刻的少年J是真正的異鄉人
紛飛的大雪染白他的背影
他的心原是南方深闊的海
動盪演歌，卻凍結在他從未
經歷過的季節，彷彿早衰

但少年J情願更準確的描述
他早熟的人生：不結伴的旅行者
無意於成名的詩人，甚至

刻意忽視愛情的傻子——這一切
都不重要。他擁有一張
空白的地圖，世界在他腳下
如果他能讓足跡成為音符……

少年少女愛ＰＫ

一、少年Ｐ的戰鬥

我知道什麼是愛情，如同我
知道什麼是自由——自由是鐘聲
在課與課，信仰與絕望的縫隙間
敲開一條通往球場的道路，敲醒我：
我的夢是一個無重力的世界
漂浮在宇宙中的一顆籃球

我們組成團隊搶奪它，看著它
彈跳，碰撞，傳遞在我們

貪婪的手掌之間，當我們用
合理的暴力與欺騙的技巧：機警
過人，切入禁區，三秒出手
把它投進那個永遠不會被裝滿的籃子

周而復始，我知道這就是自由
當所有人爭相搶奪，而世界
從來無法被誰擁有的時候
我們解散又重組：課業、家庭、戀愛、人生……
在舊規則裡開始新的遊戲
彷彿我們怎麼樣也玩不膩

二、少女K的偶像劇

我知道什麼是自由，如同我

知道什麼是愛情——愛情是鐘聲
敲開戲劇的序幕：這不過是人生
老調重彈地為我們奏出襯底的
音樂，節奏，催促過度的情緒
和發達的淚腺，在世界的舞台上

我搬演著自己寫下的劇本登台
作秀，嫻熟於濫情的台詞與
優雅的台風（我那颱風一樣的魅力）
在檯面上一秒落淚，一秒歡笑，在下一秒
愛恨別離。我知道怨憎會過去
而愛會離開，但不要是現在

我的觀眾是一群人偶，我用慾望的絲線
操縱他們的視線，讓他們在舞台下
用一萬種姿勢自由的跳舞（少年的 Free Style）

我知道萬變不離其宗，一萬個問題
只會有一個答案，而我怎麼也玩不膩
在這齣過度冗長且從不下檔的戲劇裡

Libido之歌

不自覺堅持單調了十七年以後
沿著語言縫隙鬆動剝離的
我的意識，此刻清楚感覺到
逃脫的時機已然成熟（即使我
未臻熟齡）像是孤懸藤葉間
一顆提早發酵的葡萄：芬芳的
寂寞。馥郁的憂傷。肉體深處
飽漲的甜美的慾望。勃發的
洶湧的罪。我曾坐困愁城
整夜整夜無法安睡，在朦朧
迷離的柔黃中遺棄自我

我也曾翻身逐夢，在現實與
虛妄的城國間多番出入
留下到此一遊的簽證
以愛之名，我創造了一百個
幻想的世界，給它們造物的
神話，以敬奉以崇拜，以欽羨的
屬靈的眼光。我讓世上的國度
擁有至福的企盼，使世人親眼得見
神的旨意如何行在地上。我
出埃及分紅海入迦南，許諾奶
與蜜的沃土。我打擊異教的神祇
讓異國的女神淪為枕畔的神女
我也默許雙城的住民以肉體招待
陌生的旅人，僅僅堅持一夜
的激情，無遮蔽的獻祭
我享受這過程，如同我享受

它所帶來的沮喪——我必須
親手毀去思想工作的成果，才能
觀賞城垛崩毀的壯麗與虛無
在渦渦的水聲裡，萬千魔物
沿著使徒留下的足跡發起攻擊
搶灘登陸，進入而今已成廢墟的
我的內心，慶祝這空洞的勝利
它們宣稱能洞悉我的一切企圖
且以矯正我的異端邪行為目的
「生之至樂無有甚乎此者，
你必須堅守這唯一的道德。」
但我無法不懷疑，所謂的道德
無非是一場寂寞而盛大的遊戲
以生命為宿命，以孩子為棋子
在虛構的世界地圖上攻訐殺伐
只為了一個虛幻的戰果。然而

我不是這裡唯一僅有的果實嗎？
曾經唯一僅有的花，從母土中
汲引愛與滋養，遍飲雨露風霜
這些都真實存在，豈需要他們
以文字加註，以語言詆毀
以歧異的眼光一再探射，彷彿
我伸手便能摧毀世界？

我擁有的只是一首歌，傾聽我
請傾聽我內心複沓的歌謠
如果是一顆憤怒的葡萄
如果那就是我……

平

大凡物不平則鳴，為自己發聲的理由
千奇百怪，但萬變不離其宗
我們信仰的宗教總如此宣稱：
「唯擁有平靜祥和的內心
　才能獲致平安喜樂的生活」
然而我始終有所不平。我體內的青春
脫離了原本的平衡，它萌動，微熱
在十六歲的波瀾之海上
蘊釀著屬於燦爛夏日的風暴
思想的巨浪洶然湧至，襲擊
肉體的島嶼——上一波造山運動的

傲人成果，如今正遭遇嚴峻的挑戰
而我百思不得其解：要怎樣的力量
才能在暗中改造這片平坦的母土
變平原為峰巒，化坦蕩的沙漠
成為充滿密蔭與繁花之幽谷
並召喚眼神（何其男性的神明）
安居於此，宣揚其粉飾太平的教義：
「大道之行也天卜為公……」
然而我不平，因為我不公
我天生的母性令我好行小道，好施小惠
愛好一切可愛的小物。但我無法想像
有朝一日，我亦將成為他人
好行之小道（踐我踏我踩平我
不安穩平順的個性）欲求之
小惠（在平淡無聊的日子裡
施你以調劑生活的輕薄之調情）

甚至物化成可愛、堪愛
不必懂愛卻享受被愛之小物……
（然而「愛」真的只是一個平常的字嗎？）
這世間過著平凡人生的凡俗男女
老是為愛痴狂。對此
我最好抱持平常心——
平常心即是道，而道之所存
乃師之所存也，古人早有明言
但我不知道自己究竟該向誰學習
才能讓體內的母音起伏跌宕
保有自然的平仄，在夏天開始之前
學會用陰平、陽平的清平聲調
唱出壯麗和諧的複音歌謠？
或者只能像老子所教導的無為
以無所作為等待真正的平等到來？
（我老子說：女兒拜託你別鬧了

女子無才便是德好嗎？）然而
我確實感到不平。我討厭
平鋪直敘的人生故事，不期待
平步青雲的成功秘方，不願意
購買婚姻的平安保險，更不希望
成為平價的平板電腦，任人
觸碰、游移、窺看……我只願
穿上平底鞋，搭上平快車
沿著平行的鐵軌奔赴自己的命運
如果命運注定是一場偽裝昇平的歌舞劇
我也要在平分的秋色裡暢快地發聲
以亙古不變的平均律愉悅地和聲
讓眾聲喧嘩，交響，相互激盪
彷彿真正的和平已然降臨

一個線上遊戲玩家的辯白書

我是誰？我是帳號，是密碼
是一個虛無的名字，數字和
光影的信徒。登入之前
我是一則不存在的神話流轉
在平行的宇宙之間尋找棲身的
歧路的花園：一座沒有出口的迷宮
登出以後，我異次元的夢
仍然在雲端的神的伺服器裡
排隊等候下一次輪迴降生
然而我不得不懷疑，所謂輪迴
不過就是對這個夜晚

無限的複製，而降生
則是偽造傳說唯一的手段
我是誰？我是自己的造物
天地不仁的贗品，以剽竊
為美德，過著偷來的人生
我曾經歷法術與妖獸肆虐的
黑暗時代，擊殺過無數
只能存活在想像裡的魔物
並哀傷於它們生命的意義
（生命的意義在於習得殺戮
和掠奪的神奇祕技……）
在另一個盜匪橫行的
無政府時期，我意識到自己
替天行道的宿命足以令我
天天行道，樂在行道，以最
人道的方式解決、處決那些

看起來像是道上兄弟的ＮＰＣ
（生活的目的在於增進暴力
和血腥的無上樂趣……）
但我偶爾也想加入敵對的陣營
撥正返亂，以惡為善，體現
道在屎溺的最高境界：
萬物為芻狗，混沌作熔爐
踐踏眾生輕賤的身體，熬煉
自我焦黑如瀝青的靈魂
在一塊崎嶇不平且複雜如
人生的電路板上，鋪出一條
通往真理的小徑。但真理是什麼？
恕我直言，真理只是一張
遲遲沒有更新的舊地圖
資訊過期，標記錯誤，許諾你
無法抵達的未來；真相是

當我脫離遊戲設定的主線
誤入於妖魔當道的副本
殺人撿屍，奪寶尋仇，我其實
已闖進了世界的隱喻之中
那是一座更加巨大的，由迷宮
組成的迷宮，言行悖反，天地倒轉
以陷阱為指引，變忠告為妖言
我在世界頻道上恣意發聲、嗆聲
試圖告訴世人何謂真實，何謂虛妄
但我的聲音如風行過水面倒影
漣漪之後仍然是無聲的日常
我是誰？我是虛假的見證者
時間默許的良心犯，在歲月
組成的陪審團前說出我的證詞：
「我知道世界不過是一場盛大的連線遊戲
然而它漫長，無趣，條件嚴苛且無法重來⋯⋯」

輯二

病識

共生

我能感覺它就在我體內
摩挲，擠擯，用心深強而險惡
它虛無的指掌與肩背比現實更有力
摸索著我生命的邊緣，描繪
悲傷的形狀。它扛起這些
像是一擔劫後的餘燼

以此灰造魔，造神
除了自己，我不再向他人祈求慈悲

202

處死

我透明的恐懼原只是一杯開水
曾經焚煮至滾沸——或謂之斷生
而今早已冷卻。我飲下它
意欲稍減內心焦渴，滋潤
此乾枯的肉身，刹那之間
竟懂得了何謂審美

味此無味之味，像一棵樹
靜靜吸納此生所剩無幾的冬天

終日

終日盼日終
如人不安生，鬼不安死
渴欲翻身一搏

想像太陽墜落
引來焚城天火
想像一種潔淨在穢腐裡
保證罪後的報酬
想像公義有血，荊棘成花
想像不入輪迴永懷怨仇的瀟灑

我是趨近終點的無限
不斷分割的一尺之棰
我是自己的地獄
憑藉永恆的恨而成佛

204

背叛

我背叛我。我是說
我的背脊終於叛離了我
正式向我宣戰
此刻，陰暗面成為對立面
迫使我面對這陰狠的敵人

它曾是不存在的存在
疲憊者虛無的筏渡
我夜夜乘之以逃亡夢海
全沒料想此刻它會緝我鎖我
拘我於失眠的火宅

不可信用其身因它壞得太快
像我還來不及習慣的這世界

205

大節

恥度無下限其實無關乎道德
枕上落髮亦非老去的癥候

用憔悴日深的碼表測量自己
不如以指尖確認，深入體隙
感受意識以外的震顫

它們以整個宇宙的維度運行
時間的，關於生殖與命定的慾望
既被賦予就需有人接受的
物質的儀式，此刻

黑暗正等著前來回收它
此刻，活著再也不是問題
肉體終究成為一種堅持的幻想

塞阻

現實，是一根想像的手指搔刮
柔軟多纖毛的管壁，爪痕宛然
猶帶昨日凶酗的煙塵
肋下心尖有痛隱隱，如癮
在呼吸之中潰解裂變
自反而縮，成為一個小小的黑洞
而我竟無從分辨孰重孰輕

因此謹小而吸，慎微而呼
彷彿時間即將淤塞
逝者如斯，逝者可懷

讓我以咳嗽疏濬鬱悶的胸懷
苟延這浮生的殘喘

手段

自我防衛起源於自我傷害
雖不見血，二者同樣兇殘

同樣講究手段：指掌是禍根
助肘為虐，在肩背製造戰亂
如如不動者，如不敢妄動的我
唯能於暗中窮究靜止的法門
但當我輾轉在此夜的深鍋之中反覆
熬煎，意欲以肉身見証和平
筋脈便成為引火的線索
而床單之下盡成雷區

除了自我，誰人能令我舉措惟艱？
如非貪求安穩，恣縱慾望
還有誰能令我肉體衰毀？
萬事有因果，不必來生相驗

心火

有火燒心，有鉤在臆
此刻釣起我的並非憤怒
而是被點燃的恐懼

一夜的酒精不能使人悠游
如魚，但足以令我翻肚
任護士宰割（她且大聲斥責
我那頻頻作怪的反射神經）

死白的燈光在閉眼後
轉為血紅的螢屏。反觀內省

比不上一根穿喉的內視鏡
來得通透——透過半敞的賁門
我看見了煉獄：一塊小小的紅斑
貼附在襞褶的陰影裡

那就是我墮落人生的印記嗎？
「只是潰瘍而已，」醫生說

陰影

陰影有兩種
恐懼亦然
皆自煙霧中來

積聚在X光片上
如冬夜雪林
引我顫抖觀看

疑惑讓時間靜止
淚滴一如冰滴
流不出動人的眼眶

旅程終點尚遠
當歌聲唱盡
疲倦令我跌坐在地

「沒有比放棄
更巨大的慈悲了」
固定的格式無非如此

日光森然無語
世界想對我說的
原來都已申明

輯三

苦路

維根斯坦的最後漫步

這是最後一日了
語言仍然困擾你嗎？
在雪松環繞之地
它只是鼻端的一抹水霧
隱現於你開闔的唇間

意義漫漶的時刻
世界剩下模糊的母音
「語言是我們唯一的居所」
他們無恥地說出這殘破的語句
你迷失了回家的道路

什麼是煙火？什麼是燈窗？
顏色在文字裡淡去
聲響復歸沉寂
那給予我們名字的
已然蒙塵於時間的灰燼

誰焚棄了我的地圖
教我在夢中清醒，在日光下沉睡？
誰以夜歌指示方向
教我浪遊如失家之人
再也無法重新進入生活？

但這裡已是終點
前行無路，我亦無法再跟隨
你。碑誌只能記載昨天
事象因篩落而破碎

又上昇為繁星，這是知識

如果我選擇以長眠的姿勢仰望
便能不再困擾於俗說和詭辯了嗎？
何以我又在孩童的稚言中看見
萬物的根系——它瘤節繁多
鬚索細密而險惡，引誘我

誤讀你：一棵智慧之樹
種植在語林的熱帶。此地多疫
我彷彿能聽見果實墜地腐爛的聲音
而虛無在虛無中生長繁衍
吞噬我對真理的想望

這是最後一日了
大雪掩沒曾經的足跡

在你沉沉睡下之地我亦覺睏倦
且渾然無法記起
我們曾經同行

波赫士的郵簡

一、鏡與辯證

給飛鳥以天空等同於
放逐思想於語言的密林

敘述者試圖令我們相信
日月星辰並非辨認方向
唯一的解釋。我猜想
那個把羽翼寄託給牠們的理由
必然比單純而全然的自由
更值得哲學家的探究——

「一種倒錯的認知其實有助於
帶領我們找出真相。」如果此言不假
則萬物的鏡像勢必
更加接近於它們
在上帝眼中的模樣

然而，什麼才是經驗
真實的依憑？

（一面湖水是否能承托起
整片透明的天空？）

二、高塔將傾

符號相疊成階梯
言說從此上升為神靈

在冊頁裡，勞動者仰望的夜空
比宇宙更大，更薄

語字的星星，死亡之寄寓
刺入未來的光照亮偶然
如唯一的道路——它崩塌
將信仰留在意識彼端

失語者迷失了自我
徘徊於地上的邦國

世界碎裂成繁花的容器
萬物競逐生長的遊戲

三、現象：火環之夢

流浪者陷溺在眾人的睡眠裡
夢是他額上的刀械

「這是死亡的棄地，」他抬頭
「我正前往永恆的邊界。」

他相信質疑等同於探求
因而遲遲無法踏下足印

「如果答案先於存有，則

此一命題必然暗示我的命運。」

河岸廢墟流出火光鮮紅
影子在影子中燃燒熊熊

「誰渴望毀滅，或許
誰就是那唯一的啟蒙者。」

四、流沙世界

偶然是一種巨大的，無止盡的陷落
庸常因此成為邪惡的壓迫
在暗夜中前來，日光下歡然誘引
邀我加入賭徒的陣營

宇宙簡化為世界，在一顆骰子上
展現它微小的決心：無限的變亂與動盪
終將靜止為有限的結果

以生命為籌碼可以換取什麼？
現世的富足從來不在清單之中

以時間為賭注可以獲得什麼？
沒有比命運更加巨大的無知

我看見一座城市矗立在時間的沙漏裡
穿過狹窄的，只容許「此刻」的當下
把生活擠壓成細碎的字詞
消逝的事物並不因此成為記憶
但當我試著翻轉那些偽造的故事
在落沙的軌跡裡，我辨認出了詩

五、在上帝的辭典裡

事實是這樣的：當我說出「事實」這個詞
鑽石熔化於我舌上——地質時代仍未結束
當我表露「意志」，邏輯在我齒間崩毀

我幻想審判如同公義永不再來
我渴盼永恆，彷彿虛無蝕去肉身
當巨大的理知的衝撞使我清醒而目盲
信仰卻溫柔撫慰我，教我入眠於死地

而故事延長成歷史，文明繁衍自己
話語從此有了骨架血肉，汩汩的心搏
令那擁有自我的人如此宣稱：「言說——」
「是萬物的核心。」一這是哲學

何處是意識傾斜的開端？我懷疑
誰可以說出那唯一的名字，隱密的咒語？
苦路只能通往幽谷，阻我汲汲索求

六、惡之門

「做窮凶極惡的事情的人應當假想那件事情已經完成，應當把將來當成過去那樣無法挽回。」——波赫士．《小徑分岔的花園》

孩子的純真袒露在我面前。小公園裡
男孩拔去了椿象的肢足，腥臭隨即飄散
生之震顫教他嗅聞自己的食指
夕陽燦爛，群樹歡欣動盪如歌

何其輕盈的出演：一次皺眉的儀式

不足以阻止男孩向生活索討樂趣
他尖聲高笑，拋下那具殘破的屍體
轉身爬上鋼管焊成的空洞的地球

我看見影子囚禁影子，虛無的罪刑
伸張了虛無的正義——這只是遊戲
而他攀掛在銀亮的經緯線上
以高於晝夜的速度旋轉。他正在長大

在傾斜的光照裡逐漸變得扭曲
籠罩著木馬。翹翹板。水泥大象
的鼻頭。幻影的馬戲團。佈滿
荊棘的皇冠。他是君臨死地的王者
擁有無上的權柄。無知者的笑顏
遠勝於上帝的嘉許。良善只是一個單詞

藉由舌尖與舌面的翻騰辨義
神無法談論自己，只能人云亦云

男孩年輕的父親站在不遠處抽煙
我認識他，親切，偶爾煩躁易怒
但無傷大雅。事物的源起何須解釋
在生命的藍圖上，我們都是模糊的複印

環

一、旋轉

這次我情願選擇旋轉自己
像一枚骰子在宇宙的碗公裡
跳舞，敲撞脆薄的人生
把一切都交給機率與偶然

這條路我已走過無數次
卻從未抵達終點
我熟悉每一種宣告離開的手勢
卻在每個出發的早晨

倉皇折返，尋找遺落的
前往明天的通行證

我用翻箱倒櫃消耗時間
又在黃昏前來回收這一天的時刻
整理並疊起那些散亂的照片
彷彿日子安好如常

二、敲擊

事件與事件的連結：一枚鈕扣
穿過嚴密綴縫的孔隙。那人身上
一襲半敞微露的寬大風衣
引誘人們推敲暗藏其中的
種種祕密。一閃即逝的

慾望的星火短暫照亮
陰影下的體膚（或者可用
記憶與情感稱代之，甚至簡稱為
歷史）未必能夠留形
於文字，書寫在紙頁，自簡牘
與複雜的典謨之間找到
一行藏身的，輕薄的夾縫

只是它如此灼熱，熨燙著胸腔
滾動的隕石，乾涸的喉道
搔刮天空的樹杪，引火的
夏之絨穗——下一秒就是死亡嗎？

事件與快感總是孿生的語詞
所有人都在說，並且高潮著

忘卻了未來真實的模樣

三、偶然與必然

刀鋒切開了器官緻密的肌理
細胞和細胞的間隙，淚水匯聚
成為謊言與真相的溫床——雙重性
給我們最古老的保證：模糊
你與我同時住在這裡。在這裡
重疊著描繪著彼此身形的無非是
另一把想要確認自我的，何其獨特的鈍刀

何其獨特，我知道，那意味著
何其獨特的傷痛。事實上我們早就知道
切割所給予我們的巨大的傷害

家庭與個體，群眾與
全然不肯妥協的靈魂（話語被擱置
在蒙塵的籐製家具的凹陷裡
搖晃著父親們瀕死的夢想……）

控制，他們說，控制一切你所想要
操弄的，如同他們在你的手裡
以絲以線，以一種收費的手段
還施彼身，那是最後的戰役：抗拒
此生之必然。我知道那是何其獨特
並且搖晃著生之奧秘的老舊搖椅

當你手握著選台器，精力渙失
並且老邁得如同一幅十九世紀荷蘭畫家的
靜物畫，你必將明白所謂傷痛
不過就是闔上眼睛睡著

而那只是一個小小的盹……

四、反向

誰給我們話語？請原諒我急躁的問句
誰給我們詮釋話語的權柄？
神的意志曾經全盤掌握我們的漂泊
讓我們遭遇風暴，撞擊礁岩，擱淺在
浪蕩人海中茫然無所依憑的孤島

除了陸龜與椋鳥，我無從驗證
演化與被遺棄者之間的哲學圖象
是以請容我提問：「緩慢的矜持是否
等同於涓滴匯聚的時間之怒？
或者它是哀愁的密結，透過積累

終能更名為編織人生的線性公式？」

一小段浮木在灘岸前徘徊
藻草與寄貝糾纏它膠著的前途
黑潮離此不遠——所謂救贖
在世界失序的時候如此遙遠
如此誘人，且如此的滿懷惡意
（那並非春天固定的路徑吧？）

腐朽的夾板，剝蝕的漆
我看見意義被浪卷翻開
被百無聊賴的鷗鳥以喙尖點擊
「美好的住居——前行一公里」
面對文明棄置的標語
我還能繼續嘆息嗎？想來可以
在我渴欲回歸，卻只能陷於永劫的夢裡

五、重生

死之幽旋還欠一次華麗的轉身
便能在光明正大處長眠。我感覺
從枕頭左側開始的騷動與不安
逐漸發展為橫掃荒漠的塵暴

心之廢墟掩埋於如浪浮沙之下
時間銷蝕話語，考古隊久候不至
那是記憶中童年的我，笑容燦爛
以為世界就是一連串軌跡的重疊

過去與未來在不同的平面上
演示毫不驚人的相似性：命運
當我用足弓踩踏著「現在」
未來不是目的，過去才是

造夢者如今耽溺於拆除與搬運
往日的遺跡。沒有了瑣碎的
生活，才能走向全然的安靜
一種入睡前的儀式。虛空在擴大

「一座無人管理的博物館
　執意展覽文明的細節……」
人們欣見萬物生長，卻不知道
夜色已悄然吻去了對於醒來的堅持

忘記了箴言、預示、私密的話語
我陷落在沉默的深淵，像一幅畫
抹平了憂愁的筆觸，黯淡、勻淨
那是亡者的鼻息，當時間無限延伸……

304

夢世紀

該相信甚麼？或者說
該夢見甚麼，才能
接近於永恆的真實？

第一個夜晚，我夢見自己抹去了
整座宇宙的理性，取消所有秩序
以及統屬秩序的秩序
讓一切復歸於混沌與蒙昧
成為無垠的，造夢的溫床
（為了更長遠的休息譬如死亡
我必須更加勤奮、忙碌

因為這是好的，為神所喜愛的）

第二個夜晚來臨前，我手握
一張備註著詳細的材料、器具
尺寸和規格的創世藍圖
其下條列清單，等待我一一刪去
（但這艱難的工作將由誰驗收呢？）
我躺在寬大的夜的胸懷裡
聽時間以無限的耐心撫慰我：
「如何抹除一切存在的痕跡
乃是一項艱鉅的任務
它同時也是附屬於永恆之下的課題……」

在夢中，我逐一取消了以下事物：
物種與物種的藩屬，截斷他們的血脈
以及相互哺育、屠戮、彼此感知的

曖昧的關聯。我離散事物的構成
分解出純粹而抽象的原因
譬如愛與恨，以及作用於其上的意志：
某些不可思議的光體（它們是劃分時間與
指示空間的錯誤標記，理應徹底清除）
包括旱地，與圍繞它的廣闊的海洋
也包括可疑的大氣與水（那不是空虛與實存的差別嗎？）

一個夜晚接續前一個夜晚，一個夢
混淆著從前發生過的所有的夢境
在某個傳說橫行的時期，我曾是花朵
等待一位不知名的女神（她將用淚水
在我身上烙下明顯的，可供人想像的瘢痕）
而在另外一些謀生艱難的年代裡
我犁開粗礪的土壤，播下
大半將會死去的麥種，以及期待

「並非所有的死亡都能換來生命，」
我註記道：「只有夢能創造無限的幻影。」

在第六個夜晚，我失去了前五夜
辛勤工作的一切成果，因此憂傷莫名
而這是一開始就已經決定好的事情了
我知道我必須抹去萬物的名字
否認神和祂的黨徒們對於世界的干預
還必然為偶然，讓有限
混同於不可測度的無限：
「一粒沙是一整座宇宙的模型
　而沙漠則是神唯一的旨意。」
但我要如何抹去鏡中的倒影
當他同樣試圖抹去我的時候？

（不可試探主，我對自己說

如此才能逼近於你自己的命運。）

如果我的命運是一場無限的遊戲
在天亮之前，我仍有用之不竭的時間
回到我工作的起點：在夢中造夢
那將是第一個夜晚，一個
完整的，充滿秩序的，永恆的宇宙……

造夢時代

在那個宿命論者都睡著的時刻
　我終於學會單純的、專一的信仰了……

我懷念穴居的時光，一如我
懷念那巨大的，尚未被人跡侵略的
夢的叢林，那是泛靈的居所
以各種聲息光影，存在與
或許不存在的命令、威嚇、憂慮和恐懼
在我們無限廣延的史前時代
創造無數致命的樂趣

我懷念那寬闊、簇新而擁擠的世界：
延伸到語言邊緣的沼澤密生著
無名的毒草、帶刺的藤蔓與小型灌木
它們糾纏並掩藏著各式各樣的水族、鳥禽與小獸的屍體
而無可計數的蚊蚋蠅虻便以震耳
欲聾的聲勢交相爭辯著
死亡的真相：「生命，不過是
為了創造更多死亡的必然過程……」

那時所有的夜晚都黑暗
以素樸的天幕裹住燦爛的繁星
有時它們被想像擦亮，鑲嵌在
神話的中心，有時則黯淡莫名
像是宇宙創造後的餘燼
指示那個我們不可能參與的過程
而我們在巨大的黑夜裡總忍不住

猜想關於命運、群星和神祇之間
那多方角力又互不妥協的辨證關係
（即使我們只是那無限上綱的遊戲
隨時可推倒重來的，唯一一種籌碼）

我懷念那樣的日子：超越於意志的
疫病和災疾，殷殷探詢於偶然性的
巫覡的卜具（他們且殺人祭神以祈平安）
飲水中的寄生蟲，毛髮中的蚤與蝨
蜂螫時留在皮膚上的刺針與內臟
鴆羽，鷹爪，虎狼磨銳的利牙
暴雨中的雷擊和落石
暴雨後迅速漲溢的噬人的洪流
我懷念它們，如同懷念我的親人
（他們總以各種匪夷所思的方式捐棄性命）
遑論那無時或歇的，部族與部族之間的戰爭

為我們平淡無奇的生活所帶來的
一些小小的，嗜血與受虐的樂趣

所有人都在死亡之中
所有人在死後都遺失了名字
所謂的宿命只有一種，而我們無須選擇
如何面對自己短暫的人生（何其怡然的一場演出）
我懷念那時的生活：一條蜿蜒於莽林中的
窄細的食道，等待我們出生
入死，用肉體餵養時間
而時間終將壯大成熟，成人
成為那絕對的意志，在宇宙之外
俯首觀賞文明創造的過程（何其歡虐的一場戲劇）

當我們仍然穴居在萬古的長夜裡
當我們仍然用無知和夢抵禦著理性的黎明……

人造衛星之夢

這次我選擇離開，到更高的地方
讓地球縮小成一顆藍色的眼淚

它懸掛在我世界的邊緣
濃縮了一生的，失重的憂傷

為了更加接近於眾神的居所
我試圖向繁星證明自己的存在

我放棄了自己，學習變得輕盈
但它們離我仍舊遙遠

我以為我在旅行
（我是自由的）
我想像黑暗深處的風景
（我想，我是自由的）
我靜默聆聽萬物的聲音
（這是我唯一的任務嗎？）
傳來的卻是沒有意義的言語
（屬於我自己的聲音呢？）
我溫柔俯瞰茫茫大地上人們的生活
背後卻是無邊黑暗與冰冷的宇宙

夢中家屋

離眼睛最近的，離生活最遠。

一個詩人睡在自己的夢裡
夜用寬大的被褥包圍他
他拆解現實的字句成為
扭曲的鏡象，在黑暗中
建構他虛假的，形而上的王國

消逝的事物在此重新找到
安放自己的位置：一根牙刷
和漱口杯，浴室鏡子上

話語的星星。白色的理想與汙垢
在同一個發光的平面上

照出生活的影子。然後是咖啡杯與
湯匙，一天開始於深濃的苦澀
但詩人還沒真正醒來。他翻身
咳嗽，感覺母親的體溫
仍然在他的額上撫摩

像是不久之前的童年，時間漫長
無聊。那時沒有誰真正在意
什麼是長大，在意什麼是詩
沒有人在充滿意義的白晝時光裡
用一句夢囈建構那不再重來的自己

離生活最近的，離眼睛最遠。

家庭相簿

那是我從未抵達的場景。在柬埔寨
男人扶住傾斜的日影，佛塔中
命運刺出指縫：血色玫瑰
酒精令人沉醉。他未來的女人
十七歲，夢想婚姻，生活在
島國北端的工業區，成衣廠
經年綴補的新衫一如舊夢
總是讓他人穿著。平行生活
令人焦急，但他們終將相遇
在這本泛黃的家庭相簿裡

我看見他們交杯飲酒，相濡
不以沫。他以金錢交換她的勞務
她以家的想像兌現他的照顧
間而且歌，往往就是一頓飯的時間
她變換著軌道的電閘，令人生
如同列車徘徊猶疑（這對於
乘客是多麼不公平啊）於不可見的
預設的終點站，攙雜著疲倦
與惶惑，甚至是繩網一般的憤怒

她在另一張有我的相片裡成為母親
彼時我正幼稚飢餓，合金湯匙
假作器樂，在乳牙上演奏
米糊麥精之歌：只要我長大
夢想就有了藉口。慾望以愛為名
索求她難得的溫慰。彼時我豈知

她心中的困獸曾幾度擦亮獠牙
意圖撕裂世界。愛是偉大的繭縛
馴服她的身心靈魂，使她柔順
可親，可愛，像一隻真正的蝴蝶

時常在我心中撲翅翻飛，騷動
回家的念頭。但我無法回去
光之瀑流已然洗白我的足跡
夜車急急帶我離開小城的昨日
一路向北——巨大的逃亡
必然以巨大的毀棄為代價
我看見被割除的影子溢出相簿
家屋崩潰裂解，再也容不下
無知者安然的居住，永恆彷彿
有了新的意義。但她已不在那裡

或者她還在我時刻回望之地
她的照片一角滲有水漬，鏽金框下
凋萎的百合落瓣，佛堂供桌
香灰深沉。白燭殘柱上
焦黑而捲曲的心重又燃起
塵灰之毯仍然留著訪客的印跡
（祂探望的步履輕柔，姿勢
同樣柔軟如慈母親吻
嬰孩的鼻息）淚水都已抹去

我聽見雨滴沿著牆面侵蝕
苔痕深於時間，葛藤掌紋斑剝
橫斷庭前車道。它曾經完整
無缺，行程安穩，暗示遠方其實
並不真的遙遠，只要一個轉身
就會浮現在涼冷的陰影裡

令我顫抖著面對虛無的人生
彷彿勇氣充盈，方向堅定
那是我從未告別的場景
牢籠著我靜默的心

309

審判日

脱不下的舊手套。樹根的節瘤上
吸吮汁液的幼蟲完成蛻變之前的
一切準備。毀壞的土堡中呈露
糾結而未死的腐敗。具體的日期
莫非在於冬季陽光開始轉淡
而信心逐漸潰散的前後？

如同潛艇一般自海域深處發出的
黑暗回聲，指引我不願看見的雲路
那是硫山烈焰嗎？焦臭撲鼻
為了我未曾犯下的罪行。我知道

審判在秘密籌備。藉由日間雲柱
夜晚之火柱誘人深入的法庭
陪審團正霍霍磨銳刀筆，書記
抽換了事先預錄的證詞。我無知

因而無所畏懼。如同某種背叛
在真理面前宣示：為了自由
為了追尋世俗的尊嚴，顏色和氣味
盡皆可棄。沉眠一整個冬天
此刻我乾渴欲死，如同匿名者醒來
在沙漠之中：天地即牢籠
容納所有不公義的控訴。他垂首
行走，烈風拂去世間的足跡

一份隱形的預言書。千年以前
骨角治文曾經如何引起眾人歡欣

讚嘆，我已忘卻了過程之艱難
依稀彷彿，在一座濱海的小城
謠言的潮聲洗刷過河口石灘
磨平崢嶸的鬍茨，以數倍於
歷史的精神爬梳彼此的身世
尋寶人背負著帆布袋彎腰撿拾
一日餐食：我父曾應允我的無憂生活
如麻雀之飲啄，令人嚮慕的微小
但我渴望的無非是繁星的居所

夏日變形。竊賊般潛入夢境的
班衣的丑角，以悲苦為歡樂的獨輪車
繞行記憶的大馬戲團。觀眾嗤笑
回報其愚行：抹去眼淚與塵土的袖角
經年的水之舞臺。一頭獅子垂老
蹲伏在鎖鏈的保護之中瞌睡

牠曾在剛果的草原上磨牙吮血
掌爪撲捕無以計數的青春
獵人之獸，慾之王者，而今
必須忍受瘡瘢之辱，失卻了
視力、嗅覺、食慾，體健與氣盛
然而牠從未被馴養，時刻
鼓動赤道烈日令人發汗的心跳

但死亡迫在眉睫。纏綿的夢之力
為我規劃未來：生之房舍，死之住居
憂傷是長期的事業令人傾注心力
提供生活必需的燃料。在這裡
冬季比冰河期還要漫長。
教堂裡的人們朝捐獻箱投入信念
以麵包換餅，以鮮血換酒
以迷醉與飽足換取神父袍帶深處

指爪留下的豔紅抓痕。絨毯上
幼貓撞翻盛乳的銀缽，白漬漫流

在法庭的一角，我回頭觀望
聽審的人群。他們穿著黑衣
如送葬的鳥群。烏鴉之巢
一只不肯停止走動的金錶
持續發出細微的響聲。
它將堅持到電池用罄，日頭反黑
一種描述時間的微渺決心
哭泣之泉已然乾涸，汲水之人
走下階梯，在泥地裡排列足印
它將成為化石傳至後代

而今大陪審團戴上廉價的悲傷
黑霧偷走世間最後的光線。

我取下鑲有寶石的指環
海水之藍，鴿血之紅
世間一切詛咒的承受者如今
疲憊地躺在自己的暗影裡
眉毛曲張，逆流的精神之河
在礦場外洗刷價值的名字
我的手指是因土石崩解露出的
多瘤節的樹根，墓穴之中
不忍遽然死去。但我的血管僵硬
纏繞那顆已然放棄跳動的心

310

在路上

從這裡離開可以到達哪裡？從這裡
穿過生命的圍籬，外面是
一條午後三點空蕩蕩安靜小路
鋪滿腳下。秋天的聲音薄而且冷
提醒我此刻即使離開也僅僅只是
一雙鞋的浪遊，一件衣服的漂泊
影子卻還留在家中整理花園
（那些形而上的旁枝雜葉是多麼需要按時修剪哪！）
我的口袋裡少了一張地圖
僅僅在一條鋪滿秋天的小路上
移動腳步，腳印書寫著疑問

空氣中有乾燥的鐘聲，但我的髮際
還流淌著整個夏日濃烈的汗水
浸濕了發燙的藍襯衫。藍色的樹影
藍色的冥想與呼吸。偶爾
也抬頭望向明淨無雲的天空
小葉欖仁不再伸展枝葉，綠繡眼
收藏自己高亢的鳴聲，像等著被收藏在
秋天的抽屜裡，和許多退回的信件一起
被時間的索帶繫好，蒙塵

轉角的小公園裡傳來孩童
玻璃一般的笑聲，他們在地球儀上
細瘦的小手緊抓著鋼條不放
旋轉著世界，又被世界拋擲
離開中心，那是我們童年的倒影如鬼魅
徘徊不去。他們可會想到這些美好

終有一日，將簡化成薄薄幾張紙
記載著身分，履歷，屬於存在
無悲無喜的重量，收藏在
秋天的抽屜裡？他們是否會像我一樣
被鐘聲驅趕到黃昏的河岸？

日影森森展布在我的面前
熨貼著濁重的堤防和石灘
乾燥，堅硬，色呈灰白，入夜之後
它們將轉為濕潤而柔軟。這樣很好
世界會用最深重的藍色填滿
萬物之間的孔隙，讓它們默默
沉入自己的喧囂裡：不只是藍
而是眾聲喧嘩的藍。我們就是
這樣深淺不一的居住，參差地
調和。這樣很好，想必是有

更巨大的畫筆塗抹著風景
總有一片影子逆光而行

隔著白晝最後一抹餘光，我猜想這世界
確然存在著一種完整，和諧，與神秘
在下一個季節裡，如同寂寞的家屋
召喚更深沉的寧靜。離開這裡
還能去哪裡？在黯淡的暮色裡
我用腳印寫下一行長長的詩句。這一刻
遙遠的回程突然變得無比清晰

輯四

譫妄

401

和

眾數相加所得謂之和。許多數字
迥異的價值標準，以科學的方式
相互結合成一個作用不明的符號
但我們稱之為和——看似消失的
個體在運算中結合成為更巨大的
整體譬如家庭，人群，以及社會
為歷史，為世界，為語言之總匯
（使用同一種語言說出同一種話
是多麼神聖而和諧的一件事啊）
為了和諧的神聖，我們必須相信
數字是人間唯一的話語，而編碼

則是高深的技藝，苟嫻熟於此道便能化具象為抽象，並消除一切毫無價值及容易引起人們誤解的外部之差異進而還原事物的本質且以最簡單而直接的方式來衡量測度出它們彼此之間的作用影響及其交往關係。請讓我舉例說明「如何對日常的生活進行量化的時空分析？」此題首先必須確認生活即一數字所建構的虛擬場域國有國碼，區有區號，門有門牌當它們相加，日常空間的座標系即可建構描繪我們行為的模型：出生、成長、求學、愛戀，乃至老死與老死盡，便化為函數曲線波動，延伸，游移，交互編織成

一張夢的地圖，指示時間的奧祕
即在於將之形諸數字的奇異過程
我們因而能清楚看見自己在神的
眼中的模樣：一座巴別塔圖書館
「用無限重複變化的例子加以説
明的綜合分析的概念」。他們説
在圖書館裡沒有兩本書完全相同
但我們竟然如此相似，甚至相等
當憤怨、恐懼、無助與憂傷被那
更高的存在者視為亂碼一一揀棄
修正為統一的矩陣，複製乃成為
維護神聖和諧的美德，何其完整
何其正確的計算過程，我們終於
上升到人類理性所能企及的絕對
高度：絕對的淡漠，絕對的寂寞
（然而我呢？我究竟在哪裡？）

眾數相加之所得謂之和。我們是
終極的數字之集合，和平之先聲
一個由單一音符組成的虛無和絃
一場以全人類為賭注的零和遊戲……

402

數字之家

我知道數字會說話，巨大的數字
說的話更大聲，更悅耳，更動聽
我久居的家屋在數字的話語中
謙卑地倒下：「為了群眾的利益
你必須要有隨時犧牲的準備……」
我於是感受到和諧的力量
擊破了我小小的，脆薄的心房

數字是信仰，帶來和平的光明
然而我豈能不心懷恐懼？在此之前
我們曾是彼此的異族，崇拜

彼此互不相識的神明（那時沒有數字
人人任意而行）祈求人生的指引
祂們住在同一棟宮殿裡，一層一戶
擁有獨立的電梯與車道便於各自下凡
出巡。啊何其廣闊的天空之帝寶，兼容並蓄的
神的一〇一，內藏一百零一個不存在的地址
受理人間疑難雜症雞毛蒜皮祈願請托

本應相安無事。然而高樓多悲風
鑽入祂們空洞住居的我們的聲音
竟莫名在那些所託非人的處所裡
交響、迴盪、撞擊著一〇一個世紀
以來的悲傷、痛苦與憤懣不平
匯流成一首巨大的數字之歌
曲調婉轉而激昂——這是歷史必然
給予我們的承諾：「地上的國度

終將坍毀，生命隨風凋零
但懷抱著信仰的靈魂卻可以在此安居……」

我看見建築於時間之上的國民住宅
千萬間包容一切賢愚不肖之廣廈
在家毀人亡之後才能發現的新天新地
比生命本身更加誘人，適合群聚
規劃新市鎮：街道、巷弄、水利電郵
重新取得門牌、水號、電號，接通市話
以便接受民調。在那個特定的時刻
我們將一起成為虛無的大願景
紙上作業的大數據，在大時代裡
成為書寫在經典中的，來自天堂的震耳樂音……

403

神諭

「荒誕是必要之惡，讓善行
得到合宜的報償。」一那天使
向我顯現，在我唯物的夢中
他羽翼散亂，神情憊懶猶如方才
從戰場上歸來（那不是神話時代
才會發生的事嗎？）我猜想他
必然有更多話要告訴我譬如
神對我平凡的人生所做的
種種規劃。我知道天將降大任於斯人也
必先使他徹底感到人生的無聊
再施捨一點顛倒夢想分裂其精神
在我與非我，我是我我亦非我之間

創造模糊的縫隙，由窄而寬
由雞卵般的渾沌開闢出一個
虛構的天地，容許神話時代的到來
（唉又回到神話時代了）天使說
是也非也：「我們的存在各有其目的
為了彰顯上帝的大能，一點謊言
也是可以被允許的。」我點頭
稱是，因為昔時在巴比倫
我曾是自己的信徒，自導自演
幾部宣揚神蹟的紀錄片，刊行了
自編自印的幾部傳道書
宗教是一種手段，猶如政府
只是生活的框架，綁我架我
讓我日日感恩，感動，感傷
感到罪惡深埋藏於我浮淺的內心
為了活著，我採取聖人的建議

韜光養晦，變寶為石，讓自己
隱沒在日常的平庸之中。我甘於
平凡，平淡，且以庸俗為樂，為榮
其後在上埃及，我變得更加激進
彼時我是刻石的工匠，於王家之谷
奉獻一生的精力創造謊言
以彰顯法老的大能。無能者如我
只知道鑿開與地球同在的火成岩
受壓迫的變質岩，沉積記憶
又上升成為虛無歷史的砂岩
用我們前無所承後無所繼的文字
敘述一則終將被遺忘的神話
但神話是什麼？那天使說這問題
無關緊要：「信仰是必要之惡
在無人知曉的時刻，由我
扮演上帝，也未嘗無不可。」

404

野獸男孩進化史

野獸男孩記得馬戲團之前的生活
那時他還是一匹草原狼，肉食兇猛
殺意縱橫，獵捕野兔與黃羊，戰爭後
回收遍野的腐屍（論者以為此乃
調節草原生態的自然機制）
階級嚴明，因狼群中
唯狼王與狼后可繁衍後代故
是以藏利器而無用，雖樂
而不淫——他憤懣，但不感到悲傷
慾望與上主同在，他是屬靈的器皿

如今情隨事遷。他生活規律
在大馬戲團任人憑票參觀
此刻他還是一匹草原狼，肉食
偽裝兇猛，雖有縱橫之殺意
只能獵捕婦孺的目光（論者以為
此乃大眾文化工業對生態的剝削）
階級嚴明，馴獸者決定他的行動
他的未來卻困在投資者的口袋
是以藏利爪而無用，雖不樂
也要多多繁衍以備奴役之所需
他憤懣，但無力處理自己的悲傷
悲傷與上主同在，他開始有了信仰

405

深蹲者之父

願上主垂憐，教我兒
我女，都是好男好女
不使壞，亦永不崩壞
我何嘗不知此事艱難
難於剖裂因果，斬斷
命運的縛索？想從前
我沉溺於扮演惡少年
種下過無數顆壞種子
險境裡求生，只希望
女體沃土都只是焦土
無生，不必謹遵法忍

豈料忍法之精要乃在
預見未來種種壞情況
包括兒女成行，成為
我及時行樂之終結者
專橫截斷縱情的歡恣
又在生活的剖面灑鹽
教苦水點滴滲洩如血
脈脈如絲，絲絲成念
他們甚至不提供理由
病中一顰，愛裡一笑
鍊我鎖我纏縛拘囚我
令我謹慎自持多愁容
全是過往行惡的業報
我日日操煩，煩躁如
老狗梭巡殘破的領地
銜枚奔走只因他們正

列隊朝浮躁的青春期
前進，耳不可聞惡語
目不能視臉色的僵臭
我必須安靜且忠誠如
從不背叛田地的老農
四時行焉：耕耘無非
只是滿足天道的條件
而愛甚至不值得一言
它豈能截阻百誤之生？
這一百種錯誤出現在
基因的序列圖、命運
的轉折處，讓分歧者
為人生的生產線所棄
又反轉過來厭棄人生
（那憊懶的無賴說：
生而為人，我很抱歉

真是他媽媽的可悲）
然而，我願上主垂憐
教我兒我女，能走過
這雜草掩徑荒煙迷路
的幽谷，不輕易使壞
亦永遠無崩壞的可能
即使世界從來不曾交
付我實現心願的權柄
即使禱詞吹散在風中
從來沒人拾起這碎語

睡神

大夢誰先覺？那絕對不是我
六月的迷宮花園，夢之階梯
引誘我離開現實的王座
暗示此生的精進走到這裡
已然有了結果。看護們在樹蔭下歡快
交談，歷史陳放在博物館的陰影中
他們不知道我正漫遊在植物之間
彷彿穿越藍色天幕的衛星——
歲月以肉眼難見的方式描繪
什麼是悠長，什麼是失重的輕薄

在我薄薄的夢的星圖上，語言漂浮
脫軌，散逸入宇宙的深處……
統治者的高貴情操曾經令眾人仰望
但此刻他們走過我身前，神色
帶著臨時演員的匆忙，不發一語
我仍保有清明的認知。此地
沒有崇山峻嶺，僅一偽死之棲所
預設眾墓之園林。停靈車暫借問
旅程的終點應當設置在何處？
對談無須多語，答案不言自明

我只是好奇：從明天起
減去我的重量的世界，是否
運轉得更加輕盈，如落花的舞踊？
加入我的存在的世界，是否朝地面
投下更加濃密的暗影，製造清晨

纏綿的憂鬱？大夢誰能先覺
我雖醒猶睡，以睡眠為堡壘
堅守我最後的夢土，負隅頑抗
讓白晝成為幽黯的死之國度
但僅僅，僅僅需要一條鼻管

就能繞食道而行，深入體軀的核心……
是誰令我苟延此命，因喉間異物
欲嚥不下而殘喘不已？是誰
拘鎖我遠行的意志，以愛為名
偷走我唯一僅剩的自由？
事物的道理我並非不懂得
拋卻了世間的名字，黃昏就要降臨
但當巨大的騷動迫我起身，森森樹影
隱現一條白色小徑，我不能再停留
命運從來不是歧路，而是歸途

我將在遲遲的日色中醒來，無愛，潔淨
像一個新生的嬰孩，像真正的神

407

火鍋之旅

夫天地者萬物之逆旅，火鍋者
原也是食材短暫的居所，然而
無法一涮即起的我們的肉身
總是在騰滾的浮生裡反覆熬煮
像一場纏綿難醒的惡夢
直至精華耗盡，纖維粗韌
成為一副老於應付人間齒牙磨難的
硬骨頭（古人說：瘦硬方通神
意思大概是銅皮鐵骨有助於
通過神所施予的一切苦難）
用一生的煎熬奉獻給一次飢餓

想必沒有比這更輕盈的大愛
我難以想像陽春麵氤氳的煙氣
如何召喚人們打開胃口，唯有
大塊肉片才能成為引起食慾的
廣告文章（僅供料理參考之用）
昔年佛祖割肉飼鷹終成正果，我輩則在
急速冷凍切片之後與形狀各異
但成分（與）大體相同的丸與餃
（澱粉？脂肪？修飾蛋白？）
不照牌理出牌價的青菜（山雨欲來
價先漲，一盤殘枝三兩根）
一同浸浴在化學合成的孟婆湯裡
洗去今生偽造而來的記憶，還原為
純粹的成道的肉身。然而僅僅
僅僅只是吃一頓火鍋的時間
就讓我們褪去皮相現出原形：

假牙、人工關節、安裝了
電子調節器的心臟——我們是
自己的造物，天地不仁的贋品
用殘缺換取完整，渴盼
功能完好的永恆。如果天堂
確實存在於現世，我們豈能
不汲汲於這荒謬而曲折的旅途
周遊在五臟的列國之間，叩問
世人口中的津梁能否帶我們抵達
資本主義的夢土？如果肥胖
是人類共同的命運，何不讓我們
吞下自我辯解的言詞以增其肥
（萬不可添加瘦肉精以免入口時
不夠油嘴滑舌）讓黑心之輪
承載我們疲憊的行旅繼續向前翻滾
啊！食慾人生原本如此坦然

我們孤獨的陽關道他人開闊的腸關道
需要那些屬於食物深深的印痕
切莫計較真假虛實價值多少
且看前車後轍交錯重複的軌跡
能不能寫成一首關於火鍋的詩？

圍城

昔者莊周夢為胡蝶，栩栩然胡蝶也，自喻適志與！不知周也。俄然覺，則蘧蘧然周也。不知周之夢為胡蝶與，胡蝶之夢為周與？周與胡蝶，則必有分矣。此之謂物化。

天地四方因麻將而成為一座圍城
四個方向伸來的八隻手掌同時運作
擾亂世界的結構，以虛擬的規則
暗示偶然與宿命的完美結合，乃在於
過多的期望與不符比例的報酬
譬如人生。命運在此演繹
何謂荒謬，何謂荒蕪的內心

一片苦無雨露滋潤的肉體之荒原
豈不比水草豐美的沼澤更適宜
建造幻覺的城垛，化貪婪
為激情，激發足以搖撼生活的暴動？

在我母親非正史的麻將元年
她正式向命運宣戰，棄子拋家
走向砲聲隆隆的方城戰場
麻痺其喪偶後的抑鬱。此情此理
我身為人子理當憐憫，但事實不然
我日日返回的家是一座空城
天火與飢火一同焚燒它，像祭獻
向虛無之神贖換生而為人的罪愆
而虛無無所不在：電冰箱裡
黃色冷燈一瞬明滅，視我之窺探
如無物。電視機放肆談笑

若無旁人：因無我而常樂

我的存在如同影子的蒼蠅
嚮往人間一切不淨。我心有欲
除了飢餓，我不知道有何更加
深刻的感悟，或驅力，迫使我
在四起的刀鏟油煙裡尋索
母親的蹤跡。她是血食的女神
所賜非福，須以戰爭為祀
對此，無人比我更加心知
而肚明。但當我聞聲辨位
向屋左數牆之隔（一屋子鬥鬧熱
的寂寞冷感中年）喧囂所在
挨戶摸索門路而去。她也在摸索
一條清一色無歧路的連莊坦途
讓她大殺四方博彩取金

嗜殺之心如果可以綑縛，她可以
有更多的資本面對明天（唉
我但願她聽說過何謂成癮……）
然而明天豈非也是一座危城？
砌上磚石，砌上冷硬的絕望
我們便擁有了磨難的厚繭，足以
握緊戮人的殘忍：快轉的時間——
我看見頹毀的虛影在她的身後
揚飛煙塵如細小的數字翻湧
萬千亡靈雖死而未僵，惶惶奔走
在大難之日的血路上。我看見
城南郭北俱為戰痕，群鴉盤飛
獨不見她的所在。這並不是夢

在四十之秋某個忽然冷靜的牌桌上
我聽見蝴蝶急遽扣窗撲打

像忘了帶上鑰匙的孩子在家門前
召喚門裡的母親——她已不在那裡
而這並不是一場值得清醒的夢
當四方天地因悲傷而成為微塵
我也向牌支的海洋裡投下一顆珍珠
它終將升起如明月，在無為的
神的手中演繹命運的足跡。我終於
踩上了她的腳印：西出陽關化為胡……

409

輕消費，紙旅行

我聽見那句沉默的吶喊
傳自信箱深處，夾藏在政治社會
與影劇藝文的縫隙之間，既平
且靜，宣告新事物的來臨
它印刷在一張薄紙之上
從新莊某間剛成立的設計工作室
傳寄而來，我聞所未聞
故無能名焉，只知此紙異名眾多
唯功用則一——或謂之夾報
大概是由清晨派報的工讀生
逐張插入在剛剛發生的事情中

以貼近、混淆、揭露，意在
前後包夾，上下合謀，乘機
吸引所謂潛在消費者的目光
（究竟什麼是促進這世界經濟發展
　最經濟的方法啊？）
或者也稱之為傳單，單向式
在此萬物看漲的時代裡
虛壹而靜，試以無聲的圖說
傳遞其一元的（特）價值觀
（或許通貨膨脹才是令文化
　變得多元的根本原因？）
但其實我們更常叫它廣告
彷彿它真能向世界公開那
隱密的，赤裸而裝飾華麗的
關於現代文明不可告人的真相……

此刻我抽出它，發現
那不過是一張薄薄的夢
夢中的我將它摺成蝴蝶
它栩栩然揮動數字的翅翼
飛過半個房間，輕巧
落在莊子的回收箱裡

群像後記

十年，令青年成為中年。那些原本不夠完熟的感慨與想像，刺激著這個世界持續往前的動機，於今也終於衰退，像一個屏護此生成就，不肯遽然死去的老人，含悲帶怨，持拐罵街，絲毫不覺得自己之所以存在，或許只是某種宇宙的憫憐。

好吧我承認，偽裝文青或者憤青，從來不是我的強項。第一個原因，是我在廣播節目上聽來的，區分青年與不是青年的時間點，是四十歲，而那個標記已經離我遙遠了。尤其是因為擔任教職的緣故，我早已從當初指天罵地抱怨大人不公不義的屁孩角色，轉變成給建議給教訓摹畫真理與人生圖像的老男人。而老男人，是沒有資格當文青或憤青的，他想要不被鬥爭被批判，像年齡歧視不是原罪，都是千恩萬幸的了。

第二個原因是，我已經老到沒有辦法真的生氣了。這件事情我已經對學生說過多次，但我不得不懷疑他們真的懂得其中的涵義。現實是此世界最大的磨盤，挫折萬物而不需負擔任何責任。崢嶸頭角磋磨盡，誰能不為變圓融。我開始學習用多面向多角度的方式理解現實，然後就是張愛玲的名句，因為懂得，所以慈悲，慈悲到底，就變成社會學式的原諒了。

世人唯願繁花盛開四季如春，卻不樂見薰蕕同在乃是常態。一旦妄想十億神州俱堯舜，人間淨土烏托邦，災難便隨之降臨了。要不累死自己倉皇奔走如喪家之犬，慼慼然徒引眾集聚笑罵，目為狂人地來一場跨世代大霸凌；要不就是把世界變成自己的大實驗場大生產線，刈除病老畸形不堪神選者，揠苗孤獨特立不馴正統者，動輒流血千萬人，還可以自詡道德聖人。二者關鍵字都是「鬥」，與人鬥與天鬥其樂無窮，但我早已經沒有這種爭勝的欲望與信念，也感受不到其中的樂趣。如果真要說我還在意什麼，想更上層樓竊摹天意，返照人間以開新境，大概也只有詩了。

十年磨一劍，鐵杵也為繡花針。自我變得很小，但世界變得很大，變得容易觀看與描摹了，而《群像》這本詩集便是這十年磨得的精粹。第一輯摹寫的是十五個生命氣性俱不相同的學生，他們各自與我生命同行一段，又分別走向遠方，而我成詩以記之。第二輯記錄了我曾經經歷過的病中心情，也算是窺看自己心靈中陰暗厭世的那一面。第三輯藉維根斯坦與波赫士之思力，嘗試探究語言、現象、邏輯、無限與夢，進而推向宇宙衍化與自我來處，雖然沒有取得大成就，但也不失為一份實驗報告。最後一輯誠如其名，乃是譫言妄語，意思是想過了一輪，不敢說真的想通了，但笑看人間，說些胡話諢話，也算是某種無傷大雅的調劑。

有時候我會覺得，由於網路與社群的發達，這世界真的沒有認真在悲傷的人，只有認真在販賣悲傷的，分明麻木不仁卻又鑽木取火的，滿心妄念卻又稱聖作祖的，惡人無膽但找到機會就要群起作亂的……
那也是另一種群像，但我真的不想寫那些，很髒。

國家圖書館出版品預行編目 (CIP) 資料

群像／吳岱穎著 . -- 初版 . -- 臺北市：麥田出版：家庭傳媒城邦分公司發行，2019.11
面；公分 . --（麥田文學；311）
ISBN 978-986-344-700-9（平裝）

863.51 108015917

麥田文學 311

群像

作者	吳岱穎
責任編輯	陳淑怡
版權	吳玲緯
行銷	巫維珍　蘇莞婷　黃俊傑
業務	李再星　陳紫晴　陳美燕　馮逸華
副總編輯	林秀梅
編輯總監	劉麗真
總經理	陳逸瑛
發行人	涂玉雲
出版	麥田出版 104 台北市民生東路二段 141 號 5 樓 電話：(886) 2-2500-7696 傳真：(886) 2-2500-1967
發行	英屬蓋曼群島商家庭傳媒股份有限公司城邦分公司 104 台北市民生東路二段 141 號 11 樓 書虫客服服務專線：(886)2-2500-7718、2500-7719 24 小時傳真服務：(886)2-2500-1990、2500-1991 服務時間：週一至週五 09:30-12:00・13:30-17:00 郵撥帳號：19863813　戶名：書虫股份有限公司 讀者服務信箱 E-mail：service@readingclub.com.tw
麥田部落格	http://ryefield.pixnet.net/blog
麥田出版 Facebook	https://www.facebook.com/RyeField.Cite/
香港發行所	城邦（香港）出版集團有限公司 香港灣仔駱克道 193 號東超商業中心 1 樓 電話：(852) 2508-6231　傳真：(852) 2578-9337 E-mail：hkcite@biznetvigator.com
馬新發行所	城邦（馬新）出版集團【Cite(M)Sdn. Bhd】 41-3, Jalan Radin Anum, Bandar Baru Sri Petaling, 57000 Kuala Lumpur, Malaysia. 電話：(603) 9056-3833　傳真：(603) 9057-6622 E-mail: cite@cite.com.my
印刷	前進彩藝有限公司
排版設計	陳采瑩
書封設計	木木 Lin

2019 年 11 月 2 日 初版一刷
定價 320 元
ISBN 978-986-344-700-9